KB096830

한 그루 나무이고 싶다

한 그루 나무이고 싶다

연파然波 편세환

여섯 번째 시집

우리글

서문

무인년戊寅年 윤 7월 29일은 제가 세상에 태어난 날입니다. 그동안 강산이 여덟 번 바뀌었지만, 뒤돌아보면 뚜렷한 족적 하나 남기지 못한 채 허무한 세월의 그림자만 밟고 우두커니 서 있는 기분입니다.

이제껏 큰 탈 없이 살아올 수 있도록 보살펴 준 가족과 친지들, 그리고 저를 도와주신 주위 분들께 감사드립니다. 특히 그동안 호흡을 함께 한 선후배 문우 여러분과 늘 기도해 주시는 101살의 어머니, 윤대봉 권사님께 감사드립니다.

산수傘壽의 고개 위에서 그간 내 삶의 흔적을 생활수기처럼, 낙서처럼 써놓았던 토막글들을 모아 이 시집에 담아 보았습니다. '피식' 웃으시면서 한 번 훑어봐 주시기 바랍니다.

책 발간에 즈음하여 귀한 글을 주신 이생진 은사님, 고맙습니다.

2017년 여름

연파然波 편세환

축하의 글

이생진 (시인)

편 시인,

내가 편 시인을 먹고개 어둑어둑한 하숙집에서 만난 것이 꼭 62년 전이네. 낮에는 소나무를 베어내고, 솔뿌리를 캐낸 들판에 각목을 세워 낡은 군용천막으로 하늘을 덮어 교실을 만들고, 그 교실에서 시와 그림을 공부하던 시절이었지.

나무 도장을 새겨 표지를 만들고, 밤새 원지를 긁어 등사판을 밀어 시집을 만들던 그때가 눈물겹네.

지금 다시 열어보니 '산토끼'의 머리말에 이렇게 씌어 있군.

[1]은 학교를 세우며 노래한 것이고, [2]는 내가 살던 먹고개를 노래한 것이고, [3]은 자성과 욕망을 토로한 것이라고.

내가 그 학교에서 한 학기를 채우지 못하고 다른 학교로 떠나갈 때 전교생이 산길을 따라오며 이별을 아쉬워했는데, 얼마 지나지 않아 편 시인이 짐을 싸들고 나를 따라 왔지.

그러한 인연으로 지금까지 시를 지키고 있다는 것은, 사제지간을 넘어 시정詩情으로 이어지는 것이니 참으로 고맙네. 그리고 이번이 여섯 번째 시집인데, 아직도 편 시인이 가슴에 '산토끼'를 품고 있다니 반갑네.

'내 가슴에 뛰노는 산토끼', 나는 지금도 그 시집을 품고 개심사로 가는 기분이 드네. 그런 내가 편 시인의 시 '개심사 다람쥐'를 접하게 되니 마음이 남다를 수밖에 없다네.

개심사* 돌계단
긴 꼬리 다람 쥐 한 마리
갸웃갸웃 의아한 고갯짓은
내 속내를 안다는 표정인가

마음 열어 마음을 닦고
정화수 한 모금으로
번뇌 씻으러 찾아온 길

날이면 날마다
염불 소리만 듣고 사는
개심사 다람쥐는
관심법觀心法을 배웠나보다

평화롭게 누워있는 돌계단
계단 위에 떨어지는 목탁 소리
가슴에 메아리로 남는데
심란한 마음 달래려
줄줄이 따라 오르는 수많은 발길

무슨 사연 그리 많을까
개심사 다람쥐
손님 맞느라 늘 바쁘네
—〈개심사 다람쥐〉 전문

지금은 운산에서 해미까지 아름다운 아라메길이 생겨 시와 떨어질 수 없는 길이 되었지만 항상 그 길을 걷는 마음으로 시와 함께하길 바라네.

*개심사開心寺 : 충남 서산시 운산면 신창리 상왕산象王山에 있는 절

차례

2부 단애斷崖의 난향蘭香처럼

3부 모두에게 감사하며

4부 하늘에서 내려다보는 세상

5부 혼자 부르는 노래

1부 세월은 혼자 흐르지 않는다

정유년을 맞으며

붉은 장닭이
원숭이를 몰아내고
팔부능선 위
산수傘壽의 봉우리에 오른다

꼬리 내린 늙은 호랑이
고개 위에 홀로 서서
맨발로 달려온 긴 여정
그 아득한 길을 내려다본다

지난날 소박한 소망 어느새 시들고
못 다 이룬 꿈 백발 되어 나부끼는데
어이 할꼬
내려가야 할 저 머나먼 길

지는 해
마지막 노을 속에서
여명의 밝은 빛 그리워하고 있다

이슬비 오는 날

세상 모든 소음이 빗물에 씻기고 있다
새벽을 깨우는 자명종 소리
초인종, 전화벨, 야채 차 스피커 소리
자동차 클랙슨 소리에 시장 골목 아귀다툼
서민들의 절규도 지금은 들리지 않는다

나뭇잎도 다소곳이 고개 숙이고
스산하게 불던 바람도 숨죽인 채 빗소리를 듣는다
대지의 건반을 두드리며
이슬비가 연주하는 자연의 음악회

추억 속에서 번져 나오는 낭만이
오선지 위에서 낮은 북소리로 흩어진다
깊은 상념에 잠겨 목소리를 낮추고
내면의 목소리에 귀 기울인다

진정한 내면의 소리는 침묵
침묵은 신과 교감하며
자기반성의 목소리를 듣는 시간

개심사 다람쥐

개심사 돌계단
긴 꼬리 다람쥐 한 마리
갸웃갸웃 의아한 고갯짓은
내 속내를 안다는 표정인가

마음 열어 마음을 닦고
정화수 한 모금으로
번뇌 씻으러 찾아온 길

날이면 날마다
염불 소리만 듣고 사는
개심사 다람쥐는
관심법觀心法을 배웠나 보다

평화롭게 누워있는 돌계단
계단 위에 떨어지는 목탁 소리
가슴에 메아리로 남는데
심란한 마음 달래려
줄줄이 따라 오르는 수많은 발길

무슨 사연 그리 많을까
개심사 다람쥐
손님 맞느라 늘 바쁘네

나의 존재

하늘에 뜬 내 영혼이
지상에 벗어놓은
내 육신을 내려다본다

얽히고설킨
인연의 사슬에 묶여
평생 끌려 다닌 초라한 육신
산수山水를 넘고 건너
헤치고 온 험한 길

허허벌판 방황하며
시를 쓰다가
까만 점 하나로 누워 있는
내 육신을 내려다본다

보일 듯 말 듯
보잘것없는 나의 존재
까만 점 하나
버려져 있다

보석의 눈물

뼈대 있는 몸으로 태어났지만
벌거벗긴 채 온갖 궂은일을 다 겪었지요
수술대에 묶여 성형수술을 당해도
울 수조차 없는 몸
원치 않는 모습으로 꾸며져
낯선 사람에게 팔려 다니는 신세

어떤 이는 좋아 웃고
어떤 이는 슬퍼 울고
주인이 바뀔 때마다 몸값이 흥정되는 처량한 처지

비겁하게 유혹의 매개체로 이용되고
때로는 검은 거래의 도구가 되기도 했지요
별에서 버린 운석보다 못하고
클레오파트라 콧등에 앉았던 파리보다 못한 몸인데
있는 자에게는 사치와 교만을
없는 자에게는 슬픔을 안겨주며
속으로 눈물짓는 죄인이랍니다

귀뚜리 우는 사연 2

지상을 탈출하고 싶어
밤새 넋두리하며 하소연해도 알아듣는 이 없네
조상으로부터 물려받은 한恨을 풀 길 없어
울고 또 울어 보지만
눈물 한 방울 흐르지 않네

날고 싶어 수없이 날갯짓하고
더듬이 곧추세워 신과 교신하며 애원해도
하늘을 날 수 없는 천형의 몸
쏟아지는 달빛 씨줄로 삼고
쌓인 원망 날줄로 엮어
승천의 사다리 높이 세워
기필코 지상을 탈출하려는 헛된 욕망

여보게,
그늘에 숨어
간절히 기도하는 저 소리는
사랑의 연주곡이 아니라네

배부른 항아리

그 집 종부는 항상 배가 불렀다
시어머니의 시할머니도
그 할머니의 시어머니도
대를 이어 정성으로 아끼던 항아리처럼

배가 고팠던 어느 도공이
평생 한풀이로 빚어놓은 배부른 항아리
밉지도 예쁘지도 않은 투박한 모습

사계절 가부좌를 틀고 앉아
하늘과 땅과 바다의 진기 숙성시켜
가문의 구수한 자존심
홀로 지켜온 헛된 보람

애증의 그들 모두 떠나고
쓸모없다 버림받은 몸
허기진 빈 가슴에 하늘 끌어 담고
사랑 주던 그 손길 그리워
세상을 원망하며 쓸쓸히 누워 있는 항아리

거울 앞에서

거울 앞에 가까이 다가가
얼굴을 들여다본다
아버지의 엄한 눈매가 보이고
어머니의 인자한 미소가 보인다
뒤돌아 다시 보니
할머니 할아버지의 모습도 얼핏 보이고
그 목소리
말씀까지 들려온다

대대로 이어지는 조상의 유전자
남기신 말씀까지
오롯이 간직하고 있는 거울
그가 항상 내 모든 행동을 감시하고 있다

깨끗이 거울을 닦으며
거울 속에서 마주친 내 눈동자를 다시 본다
세상과 타협하며 적당히 살아온
바보 같은 내가 거기 있다
거울 보기가 두렵고 미안하다

한 그루 나무이고 싶다

숲 속에 서 있는
한 그루 나무이고 싶다

비 오는 날엔
이웃과 함께 눈물짓고
눈이 쌓이면 더불어 고요를 즐기며
포근하게 그늘 드리우고
평화를 지키는
한 그루 나무

맑은 공기에 햇빛 고루 섞어
새 생명 보듬고
뿌리와 줄기
가지와 잎
꽃과 열매 다 내어주고
아무 미련 없이
다시 흙으로 돌아가는
한 그루 나무이고 싶다

헛손질

우주의 인력 속에서
공전과 자전으로 돌아가는 지구
거기에 매달려 허덕이는 사람들

앞뒤에서 서로 밀어내며
원심력의 중심에서 떨어지지 않으려고
눈만 뜨면
끈질기게 힘겨루기를 한다

바보처럼 조용히 사는 민초들
지구의 자전도 공전도 알 바 없다
조삼모사朝三暮四의 현실 속에서
수지계산도 잘 모른다

피곤한 육체를 한평생 끌고 다니며
허한 가슴 채우려 허우적대지만
날마다 헛손질이다

산사山寺에서의 이별

보퉁이 하나 든 애젊은 여인
어린아이 손잡고
돌계단 올라온다
안양루安養樓 처마 끝으로
솔바람 스치고 지나간다

끊어지는 인연에
버림받은 나뭇잎도
한 잎 두 잎 이별을 고하는데

노스님과 작별하는 여인
뒤돌아보며 또 보며
홀로 내려가는 돌계단

무슨 사연 있기에
쓸쓸히 혼자 내려갈까
떨어지는 나뭇잎도 몸부림친다

버려진 우산

소낙비 쏟아지자 얄밉게 다시 찾더니
장마가 끝나자 서럽게 버림받았네
눈물로 평생 헌신한
낡은 우산

한 번 맺은 소중한 인연인데
지금은 빈 들판 허수아비처럼
이지러진 젖은 몸
문밖에서 기웃거리네

매정한 주인이여, 그대에게 묻노니
햇빛 좋은 날
세상 구경 한 번 시켜준 적 있는가
폭풍에 뒤집힌 치맛자락
감싸준 적 있는가

평생 비바람 막아주고 버림받은
배신의 아픔
그대는 아는가

자화상을 그리며

깨끗하던 화선지 위에
얼룩 반점 번지고
까칠하던 능선 초목
시들어 듬성한데

습기 촉촉하던 계곡마저
마른 낙엽 켜켜이
쌓이고 있다

몇 번이던가
용케 참으며 비켜간 순간들
몇 해이던가
남의 장단에 춤을 춘 세월

이젠 다 체념하고
굳어버린 모습
홀로 웅크리고 앉아
일그러진 자화상을 그리고 있다

절망은 없다

2010년 8월 22일
칠레 호세아 광산 갱도가 무너졌다
지하 622미터 깊이에
서른세 명이 매몰되어 구조를 기다렸다

캄캄한 절망 속
살 수 있다는 희망과
살아야 한다는 의지로
신에게 기도드리며 구원을 갈구했다
한 사람의 지휘 아래 서로를 격려하며
기력이 소진되지 않게 차분히 버텼다

17일째 되던 날
지상의 끈질긴 구출작업으로
전원 살아 있다는 것을 확인했다

매몰된 지 69일 만에 전원 구출
신에게 감사하며
세상을 놀라게 했다

다시 붕괴될 수도 있는 위험한 상황인데
구출 순서를 서로 양보하며
지상에 나온 그들
서로를 부여안고 기쁨의 눈물을 흘렸다
캄캄한 절망 속에 핀 희망의 꽃
신은 이들을 결코 버리지 않았다

시각 장애인

예로부터 여러 가지로 불렀던 이름
장님, 맹자, 맹인, 몽고, 봉사, 실명자, 맹 과니, 먹 눈,
쇠경, 쇠 갱이, 눈 먹데, 붕소

빛과 멀어진 그들에게 붙여진
가슴 아픈 대명사
선천적이든
후천적이든
어둠이 얼마나 답답하랴
지팡이 끝 촉수로
더듬어가며 살아가는 일상

마음의 눈으로 보는 천지
눈 뜨고도 보기 싫은 꼴사나운 세상
차라리 어둠이 마음 편할 때도 있으리라

귀로 보고
눈으로 들으며
행복을 찾아가는 나날

왼손과 오른손 사이

한날한시에 태어난 왼손과 오른손
서로 안쓰러워 살며시 잡아본다
굽이굽이 살아온 세월
옹이 지고 상처 난 자국
서로의 아픔을 기억하고
보람과 기쁨으로 함께 손뼉 치며
기도하고 용서를 비는 두 손

옹고집으로 움켜쥔 오른손에
왼손의 배려가 있어 행복하고
왼손이 저지른 허물
오른손이 보듬어
기쁨은 두 배가 된다

두 손 모아 기도하고
두 손 모아 용서를 비는
왼손과 오른손은
평생 함께하는 부부의 모습

부표浮標

망망대해 서해 바다
뜬 몸으로 태어나
쉼 없는 파도에 맞서
지구 중심에 곧은 축 세우고
침묵의 좌표로 서 있다

운명처럼 끌어안은 삼각 깃발 하나
바람이 머리채 잡아끌고
심한 물보라 퍼부어도
오뚝이처럼 일어나
오가는 뱃길 안내한다

빈 그물 걷어 올리는
사공의 한숨 소리 외면한 채
외줄기 밧줄 옹고집으로 부여잡고
어제도 오늘도 바다의 안테나로
SOS 신호 보내고 있다

야행성夜行性

정의는 태양 아래 빛나고
불의는 어두운 밤을 더 좋아한다

흥청대는 도시의 밤
낮보다 밤이 더 좋은 사람들
뒷골목 거리에
술 취한 하루가 길게 누워
밤안개로 낮은 한숨 내뿜는다

태양은 좌표를 잃고 방황하는데
밤낮이 바뀌는 세상
밤보다 낮이 더 두려운 사람들
오늘도 일자리 찾아
무작정 거리를 헤매고 있다

추억의 밀짚 방석

밀밭에 바람이 불면
숨어 있던 이야기
푸른 물결로 일렁이고
그 여름밤
황토 다진 마당에 밀짚 방석 펼치면
둘러앉은 가족들 웃음소리 정겨웠지

쑥대 타는 모깃불에
보리 감자 타는 냄새
삭갈이 밀국수 구수한 맛
개구리참외 붉은 속살 그 향기
개구리 합창소리에
반딧불은 별처럼 반짝이며 춤을 추었지

오늘 흐릿한 밤하늘
반딧불 보이지 않고
떨어지는 유성 흐린 불빛
부표否票를 내긋고 있네

찔레꽃

마늘밭 외진 머리
아지랑이 숲 속
소복한 여인은 말이 없네

개나리 진달래
제멋에 겨워 멋대로 치장하고
세상 유혹하다 떠났지만

건들바람에도 흔들리지 않는
자존의 굳은 의지
송이마다 순결한 촉수 내밀어
수줍은 향기 내뿜고 있네

온몸을 가시로 무장하고
외진 자리 숨어 살며
찾아오는 벌 나비 벗 삼아
홀로 잠드네
파랑새 한 마리 가슴속에 품고
그렇게 살아가네

비닐 지갑

낡은 비닐 지갑 그 속엔
소중한 내 자존심이 들어 있는데
머무를 집이 너무 누추해
오시는 손님마다 서둘러 떠나시는가

얌전한 신사임당
가끔씩 찾아와 머물다 가시지만
지체 높은 세종대왕
체면 때문인지 잠시 들렀다 바로 떠나시고
율곡과 퇴계 선생
자잘한 일까지 두루 살펴주시니
가장 친한 내 이웃인데
게으름뱅이 신용카드
골방에 숨어 나올까 말까 눈치만 살피네

찾아오는 손님
오래 머무를 수 있게
멋진 가죽 지갑
하나 장만해야겠네

사람도 자연이다

신은
먹이사슬 맨 윗자리에 인간을 앉혀놓고
생존을 위한
최소한의 살생을 허용했다는데

인간은 땅속을 뒤집고
동식물 구별 없이 비릿한 살생의 성찬 즐기며
한 가닥 죄의식도 없이
활개 치고 다니네

숱한 생명이 죽어간 대가代價로
풍요를 즐기지만
천년을 후회해도 돌이킬 수 없는
자연의 파괴와 훼손

스러져가는 자연 속에
인간도 함께 스러지고 있는데
오늘은 또 얼마나 많은 살생으로
어떤 보람과 업적의
탑을 쌓을 것인가

2부 단애斷崖의 난향蘭香처럼

눈길

온천지 태초의 세상
혼자 걷는 눈길 위에
하얀 추억이 뽀드득 밟힌다

벙어리장갑 끼워주고
파란 목도리 둘러주던
추억 속의 하얀 손길
눈길 위에 어른거린다

그 따스한 촉감
아직 식을 줄 모르고
잊혀진 고운 목소리
옮기는 발자국마다
속삭임으로 들린다

눈 오는 날엔
마음도 젊어지는가

산토끼

'산토끼'는 이생진 선생님 첫 시집 이름
허허벌판에 터를 잡은 중등학교 가난한 학생들
산초 알 같은 눈망울 굴리며
장의자에 앉아 책장을 넘기던 시절

교실 밖 모퉁이 토끼장에 갇혀 있던
예쁜 산토끼 몇 마리
뜯어다 주는 씀바귀도 외면하고
철망 사이로 훤히 보이는
산과 들을 그리워했지요

먹 고개 뒷산 뻐꾸기 울던 날
선생님은 산토끼를 세상에 풀어 주었지요
원지를 긁어 글씨를 쓰고
등사판으로 밀어낸 첫 시집 '산토끼'

그 산토끼 따라다니며
나도 시詩를 알고 배우게 되었지요
지금도 내 마음 벌판에서 뛰놀고 있는 산토끼

하루살이

한 이삼 년 땅속에서 기도하며 살더니
단 하루 세상 구경 나왔네

상하좌우 둘러보아도
보이는 것은
먹고 먹히는 살벌한 싸움터

육아 걱정, 입시 걱정, 취업 걱정
결혼 걱정, 가족 걱정, 생활 걱정
노후 걱정, 건강 걱정, 나라 걱정으로
사람들은 허덕이며 살아가는데

단 하루를 살아도
암수 무리 지어
사랑의 군무를 즐기는 하루살이

내일 세상이 무너져도
걱정할 게 없네

황태黃太 덕장

죄 없는 식솔들
전쟁포로처럼
줄줄이 끌려와

들어주는 이 없어도
하늘 향해
소리 없이 절규하고 있다

부릅뜬 눈
떡 벌린 입
말라버린 눈물
낱낱이 부푼 뼈마디 살점

잃어버린 고향
바다가 그리워
저렇게 외마디 소리 지르며
입을 벌리고 있는 걸까

소녀상

고향을 그리워하는 것도 지쳤다
나라 잃은 원망도 포기했다
눈물도 말라 초점 잃은 동공엔
미워할 하늘도 보이지 않았다

험한 세상에 태어나
소녀의 고운 꿈 펼쳐보지도 못한 채
짐승처럼 끌려다니며 상처받은 영혼

죄인 아닌 죄인으로
숨어 살아야 했던 고뇌의 날들
가슴 깊이 맺힌 피멍울
누가 치유해 줄 것인가
송두리째 짓밟힌 인생
무엇으로 보상할 것인가

넋을 잃고 주저앉은
배달의 딸
맨발의 소녀

우리는 오늘 왜 말을 잃고
소녀상 앞에
바보처럼 서 있기만 하는가

빈 의자

누군가를 기다리는
빈 의자 하나
서로 주인공이 되겠다고
발버둥 친다

수많은 눈동자
밤잠 설치며
숨 가쁘게 달려온 외길인데

단 한 사람만을 위해
긴 시간 팔 벌리고
기다려온 의자

그를 향해 달려가는 군상들
누가 그 주인공이 될까
앉고 싶은 사람은 많고
앉을자리는
단 하나뿐이네

이유 있는 푸념

바다의 수평선과
내 술잔 속의 수평선은
똑같이 백팔십도

통 큰 하늘은
짭짤한 바다의 진기를
통째로 마시고
나는 씁쓸한 소주를 마신다

파도에 취한 하늘은
체통을 잃은 채
횡설수설 주정을 하고

소주에 취한 나는
한심하게
태평가를 부른다

농심農心을 아는가

가꾸지 않으면
하늘이 두려워 버릴 수도 없는 땅
늙은 농부 옹이 진 손길 있으니
불행 중 다행이네

푸대접에 기력을 잃어가는 농토
야윈 가슴 헤집고 돋아나는 새싹들은
깡마른 흙 가슴 빨고 빨아도 목이 타는데

베푼 만큼 보답한다는
진리는 밀쳐두고
거두기만 하려는 욕심뿐

손에 들어오는 것은 없어도
셈하지 않고
새벽부터 나와 땀 흘리는
순박한 농심

잡초와의 전쟁은 끝이 없고
도시로 떠난 손길은 돌아오지 않는데

회전의자 돌리며
북통 배 두드리는
지체 높은 그대들이여,
늙은 농부 옹이 진
흙손 잡아본 적 있는가

생명줄 이어주는
고마움을 아는가
말 못 하고 인내하는
그 속내를 아는가

봄이 오는 화원

새싹 움터 잎이 나오고
줄기 자라 맺은 꽃망울
시련의 고비 넘어
성숙한 자태

제어할 수 없는 욕정은
대를 이어 물려받은
유전자 탓인가

상기된 얼굴
향내 솔솔 풍기며
저도 모르게 열리는 앞가슴
진홍빛 속살에
부끄러움도 모르고
서둘러 풀어헤치는 치맛자락

미루나무

검은 연기 토하며 내달리던 삼등 열차
차창 밖으로 스치는 들녘
멀리 가까이 초가 몇 채 정답게 모여 있고
까막까치 둥지 튼 미루나무 군락

왁자지껄 떠들며 가오리연 날리던 아이들
미루나무보다 더 높은 하늘을 보았지
연鳶처럼 높이 나는 꿈도 꾸었지

곧은 자세로 버티고 서서
땅의 기운은 하늘로 뿜어내고
하늘 기운 받아 땅에 베푸는
지구의 통신 탑 미루나무

도시에 나가 어른이 되어 돌아온 아이들
중장비 앞세우고 나타나더니
우람한 미루나무 뿌리째 뽑혀 나가고
그 나무보다 더 높이 올라간 콘크리트 빌딩 숲 속에
아귀다툼의 열기 하늘로 오르고 있다

찔레꽃 필 무렵

하늘이 깔깔대며 파랗게 웃는 봄
덤불 속에 웅크리고 있던 아지랑이
제 세상 왔다며 기지개 켠다
기억 저편으로 날아간 종달새
지금은 보이지 않고
메추라기 떼 지어 하늘을 날고 있다

어제 같은 유년시절
보리밭 이랑 머리 외진 모퉁이 하얀 꽃무리
무명 저고리에 검정 치마 받쳐 입고
눈부시게 미소 짓던
누님 친구 닮은 찔레꽃

순결한 찔레꽃
아무도 모르게 하얗게 필 때면
종달새 소리 이명처럼 들리고
아지랑이 숲 사이로
먼저 가신 내 누님 웃는 모습
하얗게 아른거린다

마음속에 머무는 것

수다스럽게 활짝 핀 꽃보다
수줍어 필까 말까 망설이는
꽃봉오리가 더 귀엽고

고요한 밤
창문 스치는 꽃 그림자보다
그 꽃가지 흔들어주는
실바람이 고맙다

둥둥 북소리 울리며
동산 위에 솟아오르는 보름달보다
달빛 아래 포근히 내려앉은
산마을 고요가 더 정답고

깊은 계곡
흐르는 물결
물결에 실려 가는 단풍잎
그 여정이 궁금하다

가을 산에 올라

멀리서 보면
아름다운 평화의 숲
가까이 보면
치열한 생존의 전쟁터

높은 능선 위에
터를 잡은 커다란 바위
세상 내려다보며 침묵을 지키고

선비의 기상으로
바위틈에 뿌리내린 노송 한 그루
튼실한 가지 길게 뻗어
사람의 도리 나아갈 길을 가리키네

자연에 순응하는 나무는
번뇌조차 낙엽으로 털어버리는데
아둔한 옹고집 인간
근심 걱정조차 버릴 줄을 모르네

아카시아 꽃

겉만 보아서는
결코 모른다
아름다운 그 속마음

가시 돋은 죄로
따돌림당하지만
땅을 향해 고개 숙인
하얀 순종의 꽃 아카시
오월 춘궁기
조건 없이 내어주는
향기로운 꿀과 꽃향기

겉만 보아서는
결코 모른다
순결한 그 속마음

노동현장

이른 아침 인력시장 앞
구릿빛 얼굴들
줄지어 차례 기다리고 있다

남자 여자 늙은이 젊은이
몇 대의 봉고차가 오고 간 뒤
젊은이들은 모두 일터로 가고
늙은이 몇 사람이 모여 투덜대고 있다
'골동품은 묵을수록 대접을 받는데
사람은 묵을수록 괄시를 받는구나'

대학을 나와 회사를 경영하던 사장님도
배우지 못해 평생 공사판을 떠도는 사람도
손자를 홀로 키우며 억척스레 살아가는 여인도
목표는 오직 하루치 일당
그것은 고귀한 삶의 가치이며 한 줄기 희망

냉엄한 노동의 현장엔 노동의 가치만 있을 뿐
노동자의 인격은 없다

증권시장

넓은 전광판에
번득이는 눈망울들
비수처럼 꽂힌다

붉었다 푸르렀다
수시로 변하는 전광판
불빛 따라 변하는 표정들

위성을 타고
태평양 건너 들려오는 소식에
웃음과 한숨이 교차되는 증권시장

카멜레온처럼 변하는
전광판에 인생을 걸고 있다

아라메길에서

신들이 살던 때부터
바다와 산이 만나
포옹을 풀지 않은 사랑의 아라메길
휘파람 불며 따스한 손 마주 잡고 걸으면
사랑이 넘치는 행복의 길

강당골 개울 건너 푸른 숲 오솔길
물소리 바람소리 싱그러운 대자연
백제의 미소 지금도 여전한데
스러진 그 역사 주류성이 예 아닌가
보원사지 옛 자취 보물로 살아 있고
고운孤雲님, 법인 국사 발자취 선연하다

산초 지초 어우러진 완만한 능선 길
상왕산 정상에서 서해를 바라보면
발아래 펼쳐지는 내포의 선경들
개심사, 일락사, 해미읍성 두루 돌아
금빛 노을 황홀한 천수만의 간월호
산과 바다가 아름다운 아라메길

어느 요양보호사

얼굴엔 미소가 번지고
스치는 손길
늘 따스하다

소천을 준비하는 영혼들
시들어가는 육신 보듬으며
함께 아파하는
천사의 마음

땀 흘려 베푸는 사랑
하늘 곳간에 공덕으로 쌓여
눈부신 영생의 꽃으로
활짝 피어나리

행복하게 산다는 것

자연의 순리를 무시하고
이기적인 삶을 즐기는 사이
과학 문명의 노예가 되어버렸네

지평地平의 자유마저 빼앗긴 채
아득한 바람의 공간
드높은 허공 콘크리트 벽에 갇혀
상승과 하강을 반복하는 사이
생체 리듬마저 뒤엉켜
흙과 더불어 살던 사람도
이제는 땅의 기운을 느낄 수 없네

바람길 마저 겹겹이
가로막고 서 있는 빌딩들
매연에 그을린 그곳에서 벗어나
맨발로 흙에 발자국 찍으며
몸과 마음을 자연에 맡기고
큰 숨 들이쉬는 것이 행복임을
왜 모르고 사는 걸까

가을바람

파란 하늘에
하얀 구름
꽃송이 피웠다 지웠다
벌써 몇 번이던가

매달려 있던
마지막 가녀린 이파리마저
매몰차게 흔들고 지나가는
야속함이여

낡은 의자에 기댄 몸
주름진 얼굴에 자국을 남기며
스치고 가는 바람

흐트러진 백발 희롱하며
지나가는 너는
누가 보낸 전령사더냐

푸른 하늘
뜻 모를 뭉게구름
어디론가 또 흘러가네

궁남 연지蓮池에서

푸른 잎
넓은 가슴
햇빛에 반짝이는 은구슬
또르르 굴리는 새 아침

초록빛 가슴에 하늘을 담고
단정학丹頂鶴 긴 목 곧추세운 채
군무를 추는 외줄기 꽃대

여린 줄기
숭숭 뚫린 허허로움으로
긴 종아리 드러낸 소녀인 양
푸른 이파리 감싸안은 치마폭

선잠 깨어 하품하는
아기 청개구리
건듯 부는 바람에
그네를 타네

마지막 연출

채워지지 않은 허기에
뿌연 어항 속
비늘 떨어진 물고기처럼
마른입 빼끔거리더니

저승사자 검은 손이 두려워
자식들 이름을 부르던 친구
억지웃음 지으며 연출했던 마지막 무대
드디어 막이 내렸네

어찌 된 일일까
곡성 들리지 않고
자식들은 담담한 표정으로
단 한 벌 수의 값과
문상객의 수를 셈하고 있네

한평생 '노랭이' 소리 들으며 살더니
이제 영정 속에 갇혀
부끄러운 듯 쓴웃음 짓고 있네

사군자

매梅

몸은 비록 늙었어도
마음은 청춘이라 했던가
늙은 가지에서 꽃봉오리 맺는 신비

차례 지켜 꽃을 피우는 미덕은
어디서 배운 지혜일까
약속을 지키느라
눈서리 속에서 인내하는 눈물은
군자의 체통 때문이리라

난蘭

외딴 계곡에 홀로 피어 있는 까닭은
고독을 즐기려 함이 아니다
찾아오는 손님 없어도
곱게 화장하고

단정한 옷매무새로 정좌하고
지나는 바람결에 향기 날리며
별빛 벗 삼아
맑은 이슬 먹고사는 이유는

순결한 기상을 지키기 위해서인가

국菊

여름 내내 할 말이 없어
침묵한 것이 아니다
말없이 세상을 지켜보며 견뎌온 시간
수다 떨던 잡꽃들 모두 사라진 뒤
슬며시 얼굴 들어
사방을 돌아보는 황금 미소

동안거冬安居 마친 노승처럼
점잖은 기상
자비로운 눈빛으로
인내의 미덕을 설파하고 있다

죽竹

바람 부는 날
대숲에서 들리는
피리 소리 대금 소리
외줄기 일념으로

마음을 비우고
절개 곧은 마디 뻗어 올리며
새겨온 의지

하늘 향해 손짓하는 푸른 잎
삿갓 쓰고 죽장 짚은 나그네
선비 인양 화문선花紋扇 펼쳐 들고
정가正歌를 부르네

3부 모두에게 감사하며

한산고을 모시축제

패랭이 비껴 쓴 보부상 등짐 속엔
섬세한 손길로 필필이 다듬은 한산 저포苧布 가득했지
세저포 사저포 황저포 홍저포 백저포
그중에 제일은 화문저포라

매미 날개 접어 앞섶 여미고
나비 날개인 양 사뿐한 소매 자락
고려 여인 우아한 옷차림에
비단장수 왕 서방도 비단 필 내려놓고
모시 장수로 나섰다네

씨줄 한 올에 정성을 담고
날줄 한 가닥에 지성을 다하여
호롱불 밝혀놓고 한숨 삼키며 이어온 세월
오늘의 한산고을 영광이네

인연

그대가 있어 내가 있고
내가 있어 그대가 있네

우주의 빛과
계절 따라 순환하는 자연
인간으로 성장할 수 있게 도와준
부모형제 이웃과 친구들
많은 생물과 무생물

그대와 나는 끊을 수 없는 인연
은혜와 도움을
당연한 이치로 알고 살아온 나
한없이 부끄럽네

이제 그대를 위해
해야 할 일이 무엇인가
그대가 있어 내가 있고
내가 있어 그대 있으니

봄바람

싱그러운 봄바람에
흐드러진 꽃물결
쌍쌍이 어울려 웃음 짓는데
첫사랑에 실패한 그 사람
오는 봄이 두렵다네

모처럼 단장하고 찾아온
그 날 그 벤치
기억에 스치는 얼굴
들리는 목소리
살랑이는 봄바람에
멀미 나는 한나절

궁남지를 거닐며

초라한 망태기 걸머지고
이 산골 저 능선 누비며
마를 캐던 소년
온갖 어려움이 앞을 가로막아도
포룡抱龍의 꿈 잊지 않았네

나제羅濟통문 넘나들며
환상의 무지개 꿈 숨기고
목이 쉬도록 부르던 서동요薯童謠
마주친 눈빛에
선화의 마음 흔들렸네

신이 감동하여 내린 은혜일까
곤룡포 옷깃 나부끼며
나란히 거닐던 궁남지
그 날의 발자취 더듬으며
오늘도 젊은이들 소원을 빌고 있네

해변의 기도

산보다 바다를 더 좋아하는 사람
조상님보다 하나님을 더 의지하고
항상 기도하며 살아온 맑은 영혼

자연 속에 마음을 열고
모처럼 마셔보는 바다의 향기인데
멍울진 천륜 때문에
소리 내어 하소연도 못하고
속으로 삼키고 있네

미워도 미워할 수 없는 인연
하늘과 땅 사이 홀로인 듯
바다 끝 어둠 속으로
갈매기 울음 따라 걷고 또 걷네

바람소리 파도소리
들릴 듯 말 듯 기도 소리
대답 없는 하나님은
속마음까지 다 헤아리고 계시네

어느 독거 노파의 한

큰집 맏며느리로 들어와
층층 대소사 구듭 모두 치르고
삼신께 빌었으나 후사後嗣는 팔자에도 없었다

고집 센 영감 살아생전
소실 얻어 아들 딸 두더니
문전옥답 모두 팔아 다 바치고
그 아들 성장하여 집까지 팔아가니
갈 곳 없는 구십 노파 어이할거나

삭신 휘도록 종가 지켜 왔건만
무심한 일가친척 야속한들 어쩌랴
새색시 곱던 얼굴 세월에 씻기고
검버섯 무성한 몰골에 외로움만 쌓이는데

선대 유령들 오라 오라 손짓해도
귀도 눈도 어두워 눈치도 못 채니
한 많은 인생 하느님께 의지한 채
성경 가방 옆에 끼고 절름거리며
교회로 발길 옮기네

이정표 앞에서

하늘과 땅 사이 드넓은 공간
사방을 둘러보아도 혼자인 듯
먼 여정 이정표 앞에서
갈 곳 몰라 망설이고 있다

와글거리는 도심의 인파
묘한 인연으로 서로 만나
허덕이며 달려온 길
뒤돌아보면 일그러진 그림자뿐인데

한때는 삶의 진미 느끼며
헛된 욕망의 꿈도 꾸었지만
유혹의 늪 빠져나와 이제 흙냄새 맡으며
체념의 자세로 장승처럼 서 있다

세월에 끌려 다니는 몸
또 어디로 끌고 가려 하는가
이정표는 말이 없고
되돌아 갈 수 없는 외길 위에
마음은 먹구름처럼 흘러가네

금붕어처럼

어항 속
금붕어 한 마리
날마다 돌고 돌아봐도
항상 그 자리

아무리 세상이 넓어도
어항을 벗어날 수 없는 몸

허울 좋은 이름
금붕어
진흙 속 미꾸리만도 못한 처지

어항 속 금붕어
나를 보며 돌고
나는 금붕어처럼
돌고 돌아도 항상
그 자리

폭설

뒤틀린 세상
하늘마저 무심해
검은 티끌 한 점 마저 묻혀버린 아침
비틀거리는 농심은
하늘이 원망스럽기만 하네

무너진 터전에서
사위어가는 생명
아직 숨소리 멈추지 않았는데
농초들의 앙상한 늑골처럼
휘이고 찢긴 비닐하우스

바람에 날리는 비닐 한 조각
무심한 하늘로 초혼을 부르는 듯
훠이훠이 백기 흔들고
저 멀리 철옹성 도시의 빌딩
오늘은 얄밉기만 하네

주사실에서

잘 생긴 간호사가 들어와
문을 닫더니

뉘어놓고
옷 벗기고
삽입하고
배설하더니

돈 내고 가라 한다
얄밉고 고맙다

풍년

어쩌란 말이냐
떠날 수 없는 고향
버릴 수 없는 농토

예전에는 세세 연연 풍년을 바랐건만
오늘은 두렵기만 하네
빗장 풀려 몰려드는
낯선 먹을거리에
한숨짓는 늙은 농부님들

어쩌란 말이냐
풍년이 반갑지 않은
오늘 이 현실
풍년이 들면 인심이 좋아지고
인심이 좋으면
살맛 나는 세상이었는데

소중한 만남

이 길 저쪽 먼 끝자락
나를 향해 달려오는 사람
우리 오늘은
서로 만날 수 있으려나

군상 속을 헤매는 사람들
만날 듯 서로 비켜 가지만
억겁의 세월
무한 공간에서 만나는
인연은 축복이라

서로 만나 사랑하고
부부가 되고
이웃이 되고
친구가 되는 인연은 모두
소중한 만남

오늘은 또
어떤 만남이 기다리고 있을까

언덕에 올라

과거와 미래를 잇는
단애의 가파른 언덕

전진할 수도
되돌아 설 수도 없는
현실 속에서
까닭 모를 두려움에 떨고
어느새 어른이 된 자식들을 보며
순환의 법칙을 생각하네

유년시절 어제같이 생생한데
그래도 그때가 그리운 것은
철없이 먹은
헛나이 탓일까

높은 언덕에 올라서니
내려갈 길
더 아득하네

운명의 길

깊은 골 흐르는 물줄기
험한 바윗길 실개천 감돌아
강물 되어
바다로 흘러간다

한 점 작은 생명
어머니 자궁 속 양수를 헤엄치다
어느 날 갑자기 세상에 나와
비틀거리며 땅을 밟고
일어서서 지상에 숱한 발자국 남기며
삶의 숲 속을 방황하다
되돌아 갈 수 없는
운명의 길 따라
너도 가고
나도 간다

물결은
바다로 흘러가고
인생은 운명 속을 헤엄치다
세월 속으로 사라진다

시간 요리

크리스토포리는
시간을 자르는 기계를 만들었고
모차르트는 그 잘린 시간을 마름질하여
아름다운 음악을 만들었는데

잔잔하고 감미롭게
때로는 웅장하게 도 레 미 파 솔 라 시 도
건반 위에서 잘려나가는 시간은
현絃에 매달려 울고
오선의 그물에 묶인 악보는
변함없이 부동자세로
과거를 지킨다

골고루 나누어준 시간
모두 시간의 지배를 받으며 살아가는데
값지고 맛있게 시간을 잘라
향기롭게 요리하는
요리사가 되면 얼마나 좋으리

도당4리 경로당

골골이 정답게 모여 사는 시골 마을
왕시랑, 큰말, 잿말, 부엌골, 안골, 청대골
방아다리, 비선골, 미리태, 구억말, 틀건너
정겨운 도당4리 마을 이름

경로당 사람들 마음은 하늘이다
바다다
정치도 경제도 제쳐놓고
얼굴마다 행복한 미소 넘쳐난다

함께 넘어온 보릿고개 생각하며
농담 속에 정을 쌓고
허기 참아왔던 그들
늙어가는 모습 서로 바라보며
허허 웃고 즐기는 휴식 공간

경로당은 지혜의 보고寶庫요
행복의 꽃을 가꾸는 화원
역경을 헤치고 풍요를 이룬 주역들의 휴식처요
근대사 마지막 증언의 현장이다

갈대숲

찬바람 쓸고 지나간
갈대숲
장다리물떼새 한 마리
울고 있다

가족과 함께
떠나지 못한 고향 길
긴 다리 절름거리며 하늘을 본다

모두 떠나간 빈자리
애면글면 홀로 퍼덕이는 날개 위로
무겁게 내려앉는 회색 하늘

두려움에 지쳐
갈대숲에 숨어 애타게 부르는 울음소리
간월호 잔물결 출렁인다

노안으로 보는 행복

아픈 기억도
즐거웠던 추억도
후회되는 사연도
원망의 얼굴도
뿌연 노안老眼으로 봐야
바로 보인다

어릴 적 친구들
아픔을 주고 떠난 사람
인생길 다듬어준 선생님
함께 고생한 전우들
부모 형제 이웃 친구도
희미한 노을빛 노안으로 봐야
오롯이 잘 보인다

빈 가슴 허한 마음
실눈으로 보아야 잘 보인다
행복이 무엇이며
어디 숨어 있는지
또렷이 잘 보인다

생각 차이

암반 위에서도
나무는 뿌리를 내리고
눈 속에서도
꽃은 핀다

화염이 스쳐간 땅에도
새싹은 돋아나고
풀 한 포기 나지 않는 산악마을에도
아이들 웃음소리 끊이지 않는다

어렵다 생각하면 더 어렵고
싫다 생각하면 더 싫어지며
밉다 생각하면
더 미워지는 사람의 마음

풍요로운 세상
살기 좋은 이 땅
무한 공간 마음껏 누비며
좋은 사람들과 어울려 사는 일상

모든 것 다 좋다 생각하면
더 좋아지고
행복하다 생각하면
더 행복한 것

가슴이 답답할 땐 하늘을 보라
거기 태양이 있고
밤이 어두울수록
별은 더 빛나고 있다

4부 하늘에서 내려다 보는 세상

여의도 목장

예전에 여의도에는
방목장이 있고 비행장이 있어
소음이 그칠 날 없었는데
지금도 여전히 시끄러운 여의도

전국에서 몰려든
누렁이 검둥이 얼룩이까지
소리소리 지르며 아우성이다
누렁이나 검둥이보다
얼룩이 고함소리가 더 시끄럽다

떼로 달려들어 치고받으니
우각이 무궁화처럼 떨어져 뒹굴고
엇부리 풋내기 황소는
좌우 눈치 살피다가
뜸베질만 한다

계절풍

바람이 분다
봄바람 계절풍
골목 휩쓸고 지나간다

세차게 부는 바람
케케묵은 쓰레기 하늘로 날리며
악취 풍긴다

허공을 떠돌던 오물
조상 묘비 위에 어지럽게 떨어지고
현기증을 느낀 민초들
돌아앉아 수군거린다

세차게 부는 계절풍에
개나리 진달래 푸른 잎들도
온 들판에서 술렁이고 있다

절후 표에도 없는
선거 계절풍
허풍이 또 불어온다

실업자

젊은 나그네
구인 광고지 몇 장 들고
하늘만 바라보네

빈 가방 걸머지고
어디론가
다시 길을 떠나네

노을빛 저녁 하늘
길 잃은
철새 한 마리 날아가네

구경꾼

잘생긴 바보 천치
양반다리로 마주 앉아
천연스레 점잔 떨며
바둑을 둔다

묘수인지 꼼수인지
옹고집으로 두는 바둑
꼼수인 줄 알면서도
제 편이 옳다 열 내며
훈수하는 패거리들

치밀어 오르는 심화
진정 못하고 바라보던 구경꾼
이제 그만
야바위 바둑 집어치우라고
야유하고 있다

파도의 춤

쉼 없이 춤춘다
가슴속에서 치밀어
제어할 수 없는 분노
용트림하며 갯바위 두드린다

같은 하늘을 날면서도
어울릴 수 없는 갈매기와 까마귀
목표는 오직
눈앞에 보이는 한 끼 먹이뿐

있는 자 없는 척
없는 자 있는 척
잘난 척 말 많고
모르는 척 말없는 세상
허깨비들의 굿판

못 본 척
눈감고 살면 그만이지
파도의 외침
알아들을 리 없네

가면무도회

무엇이 정의이고
무엇이 평등일까

혼돈의 세상에서
운수가 사나워
그물에 걸려든 작은 물고기
비늘 떨어진 채
어항에 갇혀 사는데
재주 많은 큰 물고기
세상 비웃으며
넓은 바다 헤엄치네

회색 담장에 갇혀 사는
작은 죄인들
큰소리치며 국경 넘나드는
파렴치한 대도들
정의와 평등은
그들 앞에 어떤 가면을 쓰고
춤을 출까

꿀벌

이견도 없이
여야 대립도 없이
어울려 소통하며 충성하네

뭉치면 살고
흩어지면 죽는다는 진리 앞에
주어진 임무 다하고
새로운 지도자에게 자리 내어주며
무리 나누어 지혜롭게 분가해
평화를 누리네

근면 성실하게 질서를 지켜 누리는 평화
서로 도와 왕국을 보전하고
달콤한 부를 축적해 대를 이어 번영하네

벚꽃 흐드러진 여의도 광장
벌통 하나 갖다 놓고
지체 높은 양반들
그 지혜 배우면 좋겠네
꼭 배웠으면 정말 좋겠네

어떤 모정母情

연평도 검푸른 바다
서해의 수호신으로 산화한 용사들

민평기 상사의 모친 유청자 씨
서해의 가슴에 아들을 묻고
통한의 보상금 모두 내어
무기를 구입 함정에 배치했네

죽어도 또 죽어도
겨레와 함께 하겠다던
대한의 아들들
그들의 함성이 파도 넘어 들려오네

허공을 향해 불 뿜는
성난 기관총 소리
뜨거운 총신 어루만지며
오열하는 어깨 위에
붉은 노을 서럽게 일렁이네

용유대*龍遊臺는 알고 있다

한다리〔大橋〕 밑으로
백어白魚 떼 몰려들 때
돛단배에 술 싣고
뱃놀이 즐기시던
월사, 단구자의 시조가락 들리는 듯
갈대숲 술렁이는 풀피리 소리

수중에 노닐던 청룡 한 쌍
여의주만 남겨놓고 떠나간 자리
둥근 바윗돌 옹기종기 모여 앉아
아련한 옛 생각에 잠기는데
수심水深을 알 수 없는 세월
전설 따라 쉼 없이 흘러가네

명승지 두루 찾아 유람하던 나그네
짚신 갈아 신고 부싯돌 치며
옛시조 한 수 흥얼대던 자리
오늘따라 은물결이 읊조리고 있네

*용유대 : 서산시 음암면 유계리에 있는 유서 깊은 유원지

드르니 해변

땅 끝도
바다의 시작도 아닌
바다의 끝도
땅의 시작도 아닌

검푸른 해송 우거진
태안반도 끝자락
하늘 맞닿은 땅이
팔 벌려 끌어안은 아늑한 해변

수평선을 향해 내달리다
신진도에 막혀
멈칫 물러선 기암괴석

만리포에서 만난 그리운 얼굴
몽산포에서 잊힌 사랑 이야기가
은물결에 밀려오는
드르니 해변

금오산에 올라

망망한 바다
용트림하는 하얀 물결

용궁을 탈출한 돌 거북이
방금 출소한 사람처럼 두리번거리며
발아래 저 세상
천태만상의 군상을 내려다보고 있다

꿈을 찾아 헤매는 젊은이여
돌 거북에게 물어보라
넓은 저 세상
임자 없는 푸른 꿈
숨어있는 곳이 어디인가를

백암사지 오르는 길

푸르던 나뭇잎
어느새 기력을 잃어
서걱서걱 갈색 울음 토하며
발길 막아선다

오가는 발길에 짓밟힌
처절한 몰골
한 번 끊어진 인연
뒤돌아보지 않는 것이
대자연의 순리인가

길가에 비껴 앉아
뿌리내린 상사화 꽃무리 사라지고
시드는 빈 줄기 고개 숙이고 있다

돌아올 새봄 화려한 꽃 대궐 꿈꾸며
그리움과 외로움
혼자 견디고 있나 보다

빈터에 앉아

옥양봉玉洋峰 팔부능선 고요한 숲 속
알 수 없는 기운이
우백호 휘돌아 어깨 감싸고
좌청룡 왼팔로 온 몸 끌어안은 곳

폐허의 빈터
비운의 자취
깨진 기왓장
흩어진 돌조각에 스며있는 전설은
끝내 말이 없고

나무 찍는 딱따구리 목탁소리에
오래 묵은 정적
메아리로 깨어지는데

허물어진 축대 밑 구절초 한 떨기
무슨 말을 전하려는 듯
귀 기울여 봐도 들리지 않네

간월호看月湖의 아침

천수만에 아침이 밝아오면
야영하던 철새 무리
춤판을 벌인다

큰 기러기 뒤따라
쇠기러기 날아들고
황오리 청둥오리 쌍을 이루면
가창오리 떼 지어 군무를 펼친다
정연한 질서 속에
하늘 무대 주름잡는 대합창 공연

붉은 베레모에
하얀 모시옷 빼어 입고
제대로 멋 부린 단정학 한 쌍
양반걸음으로 호숫가 거니는데
황조롱이 한 마리
무엇을 노리는가
천수만 아침이 술렁인다

비 갠 강당계곡

느린 걸음으로 걸어 들어가면
갈수록 아름다운 유혹의 골짜기
짙푸른 솔바람 길에 쏟아지는 싱그러움
오염된 가슴을 정화시킨다

빗물에 씻긴 낙엽들이 시간의 흔적을 밀어내고
기력을 잃고 누워있는 가랑잎 사이로
다람쥐 한 마리 재주를 부린다

바위틈 모롱이 맴돌아
목청껏 내지르는 폭포의 절규
하늘과 땅의 기운이
조용히 순환되는 자연의 섭리
아롱져 떨어지는 물방울은
건반위에 쏟아지는 음악이다

바위틈에 무리져 참선하는 야생화
연초록 그리움 안고
오늘도 하염없이
인고의 시간을 셈하고 있다

변산 해변

왜 왔느냐고
묻지 않아도 좋다
파도의 노래로
갈매기의 춤으로
낙조에 물든 눈망울에
흠뻑 고인
그리움을 보면 안다

금빛 백사장
살랑대는 은물결
점점이 찍힌 수많은 발자국들
그 속에
숱한 이야기가 소근거리는
변산 해변

원산도

마음이 고운 사람만
입도入島를 허락하는 섬, 원산도
동산이 아름다워 원산도園山島인가
파도에 싸인 고독이 원망스러워
원산도怨山島인가
자연과 인심이 으뜸이라
원산도元山島라 했지

긴 세월 감추어두었던 태고의 비경
모래 벌에 제멋대로 뒹구는 은빛 파도
기암괴석 사이 숨어 피는 해당화
꽃잎 떨어질 것 지레 두려워
필까 말까 망설이는 꽃봉오리
그 꽃을 꼭 닮은 순박한 사람들
육지에 나가 사는 것이 소원이었던 그들

이제 자가용차 몰고 구름다리 건너 대처로 나가고
항구마다 기적 울리며
풍요 속에 행복을 누릴 원산도 사람들

5부 혼자 부르는 노래

사모곡1 / 사모곡2 / 사모곡3 / 사모곡4 / 사모곡5 / 사모곡6 / 사모곡7 / 그 섬에 살고 싶다 / 네 이름은 불사조不死鳥 / 어떤 인연 / 계암고택 작은 음악회 / 우렁이 인생 / 보원사지1 / 보원사지2 / 보원사지3 / 보원사지4 / 보원사지5 / 강당골 미륵불 / 전라산 / 만물의 영장

사모곡 1

– 어머니 백수연

청대골 하늘에 쌍무지개 뜨고
대봉大鳳과 소봉小鳳이 고고성 울리며
홰를 치던 날
정사丁巳 년 정월 초엿새

질곡의 세월
맨땅에 둥지 틀고
여섯 쌍 이루어 세상을 밝히니
그 영광 하늘의 축복이네

2015년 정월 초엿새
백수白壽를 맞이한 어머니
많은 친지와 하객을 모신 소찬의 자리
가문의 기쁨이요 영광이라
몸은 쇠잔해졌어도
총명한 기억력 따를 자 없네

몸이 편하면 몸살이 나는 성정
누가 막을 수 있으랴마는
죄스럽고 민망함이 오죽하랴

부디 기력 보존하시어
소천하시는 그날까지 만수무강하소서

사모곡 2

– 행복한 이름 '큰애'

나이 팔십이 되었어도
내 별호는 '큰애'
어머니가 불러주시는 행복한 이름
백발의 무게에 눌려
기억자로 꼬부라진 허리
하늘도 제대로 올려다보지 못하셔도
가문의 대소사, 기념일까지 다 기억하시는
놀라운 능력 언제까지 보존하실 수 있을까

항상 큰애라 불러주시는 어머니
감사한 나날
행복에 취해 늙을 새도 없고
늙을 수도 없는 큰애
귀가 어두워 잘 알아듣지 못해도
무조건 끄덕이시는 긍정의 모습
그 앞에서 재롱은 못 피워도
아이처럼 살아가는 큰애는
행복하지만 늘 불안하다

사모곡 3

– 수선화 곱게 피면

파란 대문 옆엔
항상 낡은 의자 하나 놓여 있다
백수 어머니의 전용의자

의자 옆 공터엔 작은 화단이 있고
어머니가 심어 놓은 수선화는
봄이면 어김없이
노란 꽃을 피운다

꼬부라진 꽃대
꼬부라진 허리
조용한 미소까지
어머니를 꼭 닮은 수선화

오늘도 수선화와 나란히 앉아
먼 눈길로 누굴 기다리시나
언젠가 주인 없는 화단이 되면
그때도 수선화는 봄마다
예쁜 꽃을 피워 줄까

사모곡 4

– 그리운 포옹

나 아주 어릴 적
따스한 어머니 품에 안겨
젖가슴 진기 모두 빨아 삼키며
단꿈을 꾸었겠지

이제 다시 한 살
어린애가 되신 어머니
그 야윈 가슴에
산수傘壽의 백발을 묻고
다시 어린애 되어 안기고 싶다

나 어릴 적 그때처럼
안아주신다면 얼마나 행복할까
그 가슴
잊을 수 없는
향긋한 살 냄새

사모곡 5

– 하얀 민들레

야윈 육신
시들어가는 눈빛
소리 없는 기도는
누구를 위함인가

거친 땅에 뿌리내린
하얀 민들레
인고의 눈물 삼키며
피워낸 꽃잎
해 뜨고 달 지니
어느새 시들고 있네

알알이 품었던 씨앗
멀리 날려 보내고
이젠 홀로 외로워라

허허로운 빈 줄기에
맺힌 이슬은
회한의 눈물인가

사모곡 6
– 호미

언제부터인가
호미와 맺은 인연

수많은 날
어머니에게 끌려 다닌
호미

호미에게 끌려 다닌
어머니

꼬부랑 호미를 닮아
어머니도 꼬부랑
할머니가 되셨네

꿈속에서도
호미를 들고 계신 어머니
둘이 헤어지는 날 언제일까
먹먹해지는 마음

사모곡 7

– 빈 방

어머니가 계시던 빈 방
살며시 문을 열어 본다

사랑의 온기 사라지고
찬바람 휑하니 얼굴을 스친다

누워계시던 자리 그대로인데
왜 이리 가슴이 아플까

잔기침 소리 들리지 않는
텅 빈 방

고독과 슬픔과 허무와
죄罪와 벌罰이
눈을 부릅뜬 채 날 노려본다

두려움에
문을 닫는다

그 섬에 살고 싶다

섬에서 태어나 섬에서 자랄 때는
육지에 나가 사는 것이 꿈이었지
숱한 만류 뿌리친 채
불나비처럼 뭍으로 나와 둥지를 틀고
어두운 골목길 거닐며
짭짤한 배신의 눈물 속에
하느님을 의지했네

원망과 후회가 교차되는 역겨운 삶의 뒤안길
짝 잃은 두견새처럼
한 발 비켜 앉은 체념의 자리
물결 따라 아른거리는 그 섬의 추억

모래밭으로 밀려오던 파도소리
지천으로 열린 산딸기 산머루
빨갛게 익어가던 보리수 언덕
아옹다옹 다투던 형제들 유년의 기억
아련한 부모님의 목소리
모두 다 어디로 사라졌나

네 이름은 불사조不死鳥

가녀린 꽃잎에 스쳐간 세월
비바람에 시달려도 그 향기 더욱 짙다
아가페 동산에서 행복은 조용히 싹트고
고이 숨겨 두었던 정은
가슴속에서 날갯짓하는데

정의正義 앞에서 오만하지도 비굴하지도 않은 삶에
이제는 미련도 원망도 없다
달콤했던 립스틱 향기마저 모두 지웠다

태양은 새로이 솟아오르고
행복의 화원에 어여쁜 꽃 두 송이
사랑의 손길로 보듬어
보람의 열매 풍성한 그 날이 올 때까지

불사조의 지조 지키며
희망의 날개 훨훨 펼쳐
힘찬 발걸음으로 당당하여라

어떤 인연

빛과 그림자의 인연으로 만나
한 쌍의 사슴처럼
고운 꿈 살뜰히 가꾸며
서로에게 기대어
때로는 세찬 비바람에 맞서
힘겨루기 하며 살아왔다

청천 하늘에 때 아닌 소낙비 맞으며
겉으로 허허 웃고
속으로 가슴 치는 괴로움 누가 알까
지팡이에 의지하여
아찔한 외나무다리를 건너야 하는 현실

인내와 봉사로 살아온
위대한 손길 위에
이제 희망의 날개 활짝 펴고
아름다운 황혼길
쉬어가는 길목에서
행복한 웃음꽃 활짝 피우소서

계암 고택 작은 음악회

계암당* 용마루에 가을비 내린다
가냘픈 거문고 선율 빗줄기 따라 흐르고
끊어질 듯 이어지는 가락
스산한 마음에 평화를 안긴다

느린 가락 우리의 정가正歌
희로애락의 경지를 넘어
흐르는 선율의 멋스러움과
아련하고 우아한 맛 음미하던
선조들의 고결한 지혜

가을비 내리는 고즈넉한 밤
피리와 거문고 선율 어우러진
계암고택 사랑채 옛 마루
영혼의 소리인양 가슴 울리는
오청취당의 시구詩句들

*계암당 : 국가 지정 민속문화재 199호, 계암 김기현의 고택

우렁이 인생

물결 따라 두둥실
잘도 흘러간다 우렁이 빈껍데기

제 살 파서 먹이며 길러낸 보람
우화등선羽化登仙의 기적으로
하늘을 날지는 못 해도

제 나름의 터전을 잡고
홀로 자맥질하는
대견스러운 자식들

언젠가는 저희들도
가슴살 모두 내어주고
빈껍데기 되어 두둥실 흘러가리

물결 따라 흘러가는
빈껍데기 인생
잘도 흘러간다

보원사지普願寺址 1

– 석조石槽*

풀섶에 누워 이제
하늘만 바라본다

까까머리 고운 얼굴
비구니 모여들어
깔깔대며 수다 떨던 자리

바가지에 공양미 씻고
향긋한 산나물 헹구며
수정 빛깔 하늘 퍼 담던
지난날 어디로 갔나

수많은 눈동자들
빈 가슴만 들여다보고
말없이 돌아서네

*석조 : 보물 제 102호, 국내 최대, 고려시대 석조

보원사지普願寺址 2

– 당간지주幢竿支柱*

하늘 높이 두 팔 벌려
허공을 끌어안고
떠나간 임 기다리는 당간지주

화려했던 지난 날
바라춤에 깃발 펄럭이던
화엄십찰의 영화 어디로 갔나
기다리는 세월만 이슬에 젖어 있네

기단 위 둥근 흔적
뚜렷이 남아 있는 임의 자리
낯선 이방인의 손가락질이 싫어
외면하고 서 있는 당간지주

*보원사지 당간지주 : 보물 제 103호

보원사지普願寺址 3
– 오층석탑*

백제의 침상 위에
신라의 요를 깔고
고려의 이불을 덮은
오층석탑

우주와 탱주 사이 팔부중상들
4층 받침 계단(逆階段) 층층이 아름답고
들어 올린 옥개석
하늘 끝이 시리다

초하루 보름 손꼽아 기다려
청사초롱 밝혀 들고 탑돌이 하던 선남선녀들
큰 스님 헛기침 소리에
괜스레 가슴 뛰었으리라

노반 위 앙화 보주 모두 잃고
빈 찰주 허공을 찌른 채 말없이 서서
그날의 영화 그리며
강당골 골바람에 몸을 씻는 오층석탑

*오층석탑 : 보물 제 104호

보원사지普願寺址 4
– 법인국사 보승탑*

975년
법인국사 탄문이 입적하던 날
임금님 곤룡포에 이슬이 맺혔다네

사리 수습해
팔각八角 원당圓堂 화려한 품에
고이 안장된 법인국사

구름무늬 받침돌에
활짝 핀 앙연仰蓮 한 송이
중대석 삼단 받침 난간이 아름답고
석가래 끝 풍경소리 은은히 들리는 듯

산 내리 바람에 실려온
산꽃 향기 보승탑을 맴도네

*법인국사 보승탑 : 보물 제 105호

보원사지普願寺址 5

– 법인국사法印國師 보승탑비寶乘塔碑*

법인국사 입적하고 3년상 지난 뒤
어명 받들어 세워진 우람한 보승탑비
탄문 스님 일대기
오천여 자 새겨져 있네

효공왕 4년 광주에서 출생하여
광종 19년 왕사가 되었고
974년 국사가 되어
다음 해 보원사에 입적하니
그의 세수歲壽 75세라

누리던 권세
바람에 날렸는가
도열했던 일천 승려
어디로 떠났는가
강당골 아라메길 휘도는 바람
보원사지 뒤뜰에 회한만 쌓이고
가랑잎만 부스스 발길을 막네

*법인국사 보승탑비 : 보물 제 106호

강당골 미륵불

상왕산 끝자락 강당골 입구
아담한 명당에 터를 잡고
오늘도 잔잔한 미소 머금으며
오는 손님맞이 하는 강당골 미륵불

아사녀의 모습 같기도 하고
다시 보면
아사달의 후예를 닮은
빼어난 몸매
아름다운 용모

소원을 다 들어준다는 미래불
민초들의 애환과 고뇌 달래주며
부귀영화 나누어 주는
강당골 지킴이

전라산

전라도에서 떠내려 왔다는
소문이 있었지만
못 들은 척
소라 고동처럼 엎드린 채
묵묵히 산야를 지키고 있는 산

청량한 용장천 여울
바윗돌 스치며 노래하고
야생화 지천으로
산기슭에 피고 지는데

역사의 흔적 스며있는
작은 고성古城 전라산
청청한 노송의 정기
지난날의 영화 다시 싹 틔우려는가
사방으로 흩어지는 역사의 향기

만물의 영장

바닷가 모래밭
물 때 기다리는 갈매기 떼
아이들에게 쫒기어
머리 위를 선회하며
조롱하듯 춤춘다

따라 오를 수 없는 허망함에
하늘만 쳐다보는
초라한 눈빛

한 마리 진드기 앞에 벌벌 떨며
목숨까지 빼앗기는
무기력한 인간들
그래도 만물의 영장이라며
큰소리로 뻥치며 산다

후기

모든 것이 조심스럽습니다. 해가 갈수록 내딛는 발걸음조차 그렇습니다. 글을 쓴다는 것은 제 속에 내재되어 있던 감정까지 모두 내어놓는 것이니, 더욱 그렇습니다.

이번 시집은 시의 생명인 '서정성'이나 문학적인 의미보다 일상 속에서 스쳐가는 순간의 느낌을 적어본 것이어서 시의 구수한 향기가 없습니다.

식당에서 음식을 먹을 때 맛이 없으면 요리사의 솜씨는 탓할망정 요리사의 인격까지 평해서는 안 된다고 생각합니다. 요리 솜씨가 좀 부족해도 그러려니 하고, 맛있는 척 드셔야 할 것입니다.

구수한 맛이 없는 이번 시집 '한 그루 나무이고 싶다'는 싱겁고 맛없는 설익은 된장찌개를 내놓는 기분이라 부끄럽습니다.

귀한 말씀을 주신 이생진 선생님과 좋은 그릇에 아름답게 담아주신 '우리글' 사장님께 감사드립니다.

연파然波 편세환

국립중앙도서관 출판예정도서목록(CIP)

한 그루 나무이고 싶다 / 편세환 [지음]. -- [서울] : 우리글, 2017
p. ; cm

ISBN 978-89-6426-081-4 03810 : ₩9000

한국 현대시[韓國現代詩]

811.7-KDC6
895.715-DDC23 CIP2017019600

한 그루 나무이고 싶다

1판 1쇄 인쇄 2017년 8월 10일
1판 1쇄 발행 2017년 8월 15일

지은이 편세환
발행인 김소양
편집 권효선
마케팅 이희만, 장은혜

발행처 ㈜우리글
출판등록번호 제321-2010-000113호
출판등록일자 1998년 06월 03일

주소 경기도 광주시 도척면 도척로 1071
마케팅팀 02-566-3410 **편집팀** 031-797-3206 **팩스** 02-6499-1263
홈페이지 www.wrigle.com **블로그** blog.naver.com/wrigle

값은 표지에 있습니다.
ISBN 978-89-6426-081-4 03810
잘못 만들어진 책은 구입하신 서점에서 교환해드립니다.